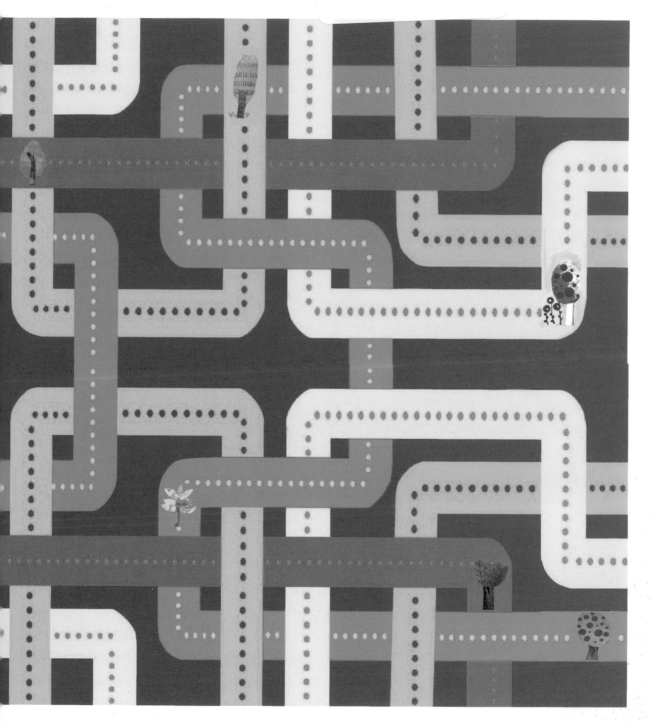

圖・文 ／ 蔡秀佳

我不喜歡下課

我不喜歡下課

我不喜歡下課

◆ 推薦序

我不喜歡下課？天啊！怎麼會？誰不喜歡下課呀！上課一條蟲，下課一條龍。書名充滿高張力高衝突的世俗價值，任誰都想要盡快翻開繪本，迫不及待的閱讀。

故事一開始，作者鋪陳她的弟弟活在自己快樂的世界裡，也喜歡跟在作者後面，因為作者是他唯一的玩伴。直到弟弟上小學後，作者非常害怕下課時間，因為她有個大家都認為「麻煩」的弟弟，她也覺得麻煩；甚至連弟弟的老師都覺得麻煩。

有一天，為了逃避弟弟下課來找她，她和同學躲到地下室，故意讓弟弟找不到。這時，外面正下著大雨，弟弟蹲在鞦韆旁看螞蟻，全身都溼透了；他以為在鞦韆旁等姊姊，作者就會出現了。

後來，作者的弟弟住院，唯一想念的就是盪鞦韆，作者內心滿是歉意與遺憾，她想跟弟弟說：「我不會再躲起來讓你找不到我。等你好起來，我要帶你去上學。我要帶你去盪鞦韆。」

這是一則「愛與包容」的故事，從最初的排斥到最後的想要彌補，一切都來得太快，也可能來不及了。讀完繪本，相信讀者應該很想問；我也很想問：弟弟後來呢？後來怎麼了？

新北市蘆洲區鷺江國民小學校長　何元亨

這是我弟弟。

他比我小三歲，
我小學四年級的時候，他一年級。

他ㄊㄚ長ㄓㄤˇ得ㄉㄜˊ很ㄏㄣˇ可ㄎㄜˇ愛ㄞˋ，
肥ㄈㄟˊ嘟ㄉㄨ嘟ㄉㄨ的ㄉㄜ˙臉ㄌㄧㄢˇ大ㄉㄚˋ大ㄉㄚˋ的ㄉㄜ˙眼ㄧㄢˇ睛ㄐㄧㄥ。
看ㄎㄢˋ起ㄑㄧˇ來ㄌㄞˊ有ㄧㄡˇ點ㄉㄧㄢˇ呆ㄉㄞ呆ㄉㄞ的ㄉㄜ˙。

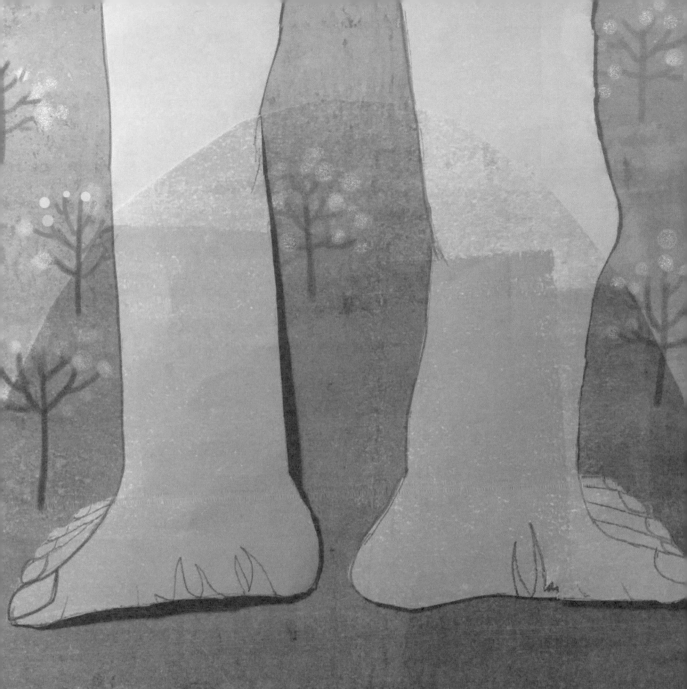

他ㄊㄚ不ㄅㄨ喜ㄒㄧ歡ㄏㄨㄢ穿ㄔㄨㄢ鞋ㄒㄧㄝˊ，
常ㄔㄤˊ咿ㄧ咿ㄧ呀ㄧㄚ呀ㄧㄚ地ㄉㄧˋ唱ㄔㄤˋ著ㄓㄜ˙自ㄗˋ己ㄐㄧˇ編ㄅㄧㄢ的ㄉㄜ˙歌ㄍㄜ。

他老愛跟著我，我走到哪他就跟到哪。
他喜歡纏著我，一直問：為什麼？為什麼？

為什麼山上有那麼多樹？

為什麼我不是魚？

為什麼我不會飛？

我可不可以住在故事書裡？

弟弟還喜歡蹲在草叢裡假裝自己是一隻青蛙，偶爾發現一、兩隻蚯蚓，他就會開心的阿阿大笑。

有時候，他可以蹲上一整天，好像可以一直蹲到
上小學、國中、高中，甚至長大。

爸爸說：弟弟像個詩人。

媽媽說：弟弟無憂無慮，沒有人像他這麼快樂。

但ㄉㄢˋ是ㄕˋ，我ㄨㄛˇ哪ㄋㄚˇ裡ㄌㄧˇ曉ㄒㄧㄠˇ得ㄉㄜ——
自ㄗˋ從ㄘㄨㄥˊ弟ㄉㄧˋ弟ㄉㄧˋ上ㄕㄤˋ了ㄌㄜ小ㄒㄧㄠˇ學ㄒㄩㄝˊ，
我ㄨㄛˇ的ㄉㄜ生ㄕㄥ活ㄏㄨㄛˊ就ㄐㄧㄡˋ變ㄅㄧㄢˋ成ㄔㄥˊ了ㄌㄜ一ㄧˋ場ㄔㄤˇ「災ㄗㄞ難ㄋㄢˋ」......

小學三年級結束的那個暑假，
媽媽要我開學後，
每天都要帶著弟弟上學。

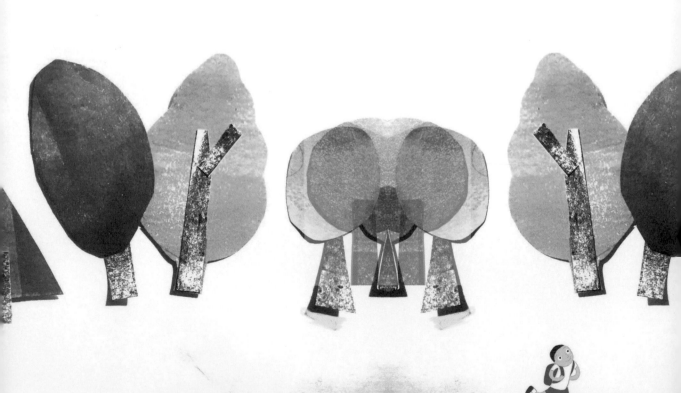

從家裡到學校的路上，會經過一排路樹。 那些路樹排成了一種他們自己高興排的隊，佔滿了整條路的兩旁。

有的高；有的矮；有的瘦，有的胖；有的看起來活潑開朗；有的看起來又笨又呆。

弟弟總是一路蹦蹦跳跳，
快樂的像一片被
　　風吹得啪啪響的葉子，
對著每棵樹微笑。

但是，很奇怪的是，弟弟在學校幾乎不說話。
不管老師問他什麼他都不回答。

21

下課的時候沒有人要跟他一起玩。
有時候，上課鐘響了，
他還一個人在校園裡到處閒晃。
被找回去後，免不了會遭受老師一頓責罵。

我ㄨㄛˇ不ㄅㄨˋ喜ㄒㄧˇ歡ㄏㄨㄢ下ㄒㄧㄚˋ課ㄎㄜˋ。

每ㄇㄟˇ次ㄘˋ，快ㄎㄨㄞˋ下ㄒㄧㄚˋ課ㄎㄜˋ的ㄉㄜ˙時ㄕˊ候ㄏㄡˋ，

我ㄨㄛˇ就ㄐㄧㄡˋ會ㄏㄨㄟˋ忍ㄖㄣˇ不ㄅㄨˊ住ㄓㄨˋ一ㄧˋ直ㄓˊ轉ㄓㄨㄢˇ頭ㄊㄡˊ看ㄎㄢˋ教ㄐㄧㄠˋ室ㄕˋ後ㄏㄡˋ面ㄇㄧㄢˋ的ㄉㄜ˙時ㄕˊ鐘ㄓㄨㄥ。

23

常常下課鐘聲才剛響完，
弟弟的頭就從走廊的窗台上冒出來。

媽媽說弟弟沒有朋友，
她要我當弟弟的朋友。

下課的時候，不管我走到哪裡，
弟弟都會一直跟著我，
像一塊甩都甩不掉的 —— 牛皮糖。
我和同學跑去操場玩，他就跟在我們後面，
不說話也不吵鬧，我們跑他就跑、 我們笑他就笑。

有一次，我為了打發他，給他十塊錢要他去合作社買東西，他卻把銅板塞進嘴巴裡，臉頰馬上鼓得像吹了氣的青蛙，惹得同學哈哈大笑。

還有一次，我故意兇他，叫他走開，他就在教室外的走廊上放聲大哭，一群討厭的男生圍在他旁邊一直笑，弟弟就跟著大家一起笑。

弟弟不懂什麼叫嘲笑。

我ㄨㄛˇ不ㄅㄨˋ喜ㄒㄧˇ歡ㄏㄨㄢ下ㄒㄧㄚˋ課ㄎㄜˋ。
聽ㄊㄧㄥ到ㄉㄠˋ下ㄒㄧㄚˋ課ㄎㄜˋ鐘ㄓㄨㄥ響ㄒㄧㄤˇ，我ㄨㄛˇ就ㄐㄧㄡˋ知ㄓ道ㄉㄠˋ我ㄨㄛˇ的ㄉㄜ麻ㄇㄚˊ煩ㄈㄢˊ來ㄌㄞˊ了ㄌㄜ！
我ㄨㄛˇ想ㄒㄧㄤˇ躲ㄉㄨㄛˇ起ㄑㄧˇ來ㄌㄞˊ讓ㄖㄤˋ弟ㄉㄧˋ弟ㄉㄧˋ永ㄩㄥˇ遠ㄩㄢˇ找ㄓㄠˇ不ㄅㄨˋ到ㄉㄠˋ我ㄨㄛˇ。

最討厭的是，弟弟的王老師有時候會在下課的時候把我找去。

王老師一頭很短的頭髮戴著黑框眼鏡，喜歡穿黑長裙、黑皮鞋，講話的速度又快又急。她跟我說話的時候，鞋尖會一直踢著講台，我很怕她。

王ㄨㄤˊ老ㄌㄠˇ師ㄕ問ㄨㄣˋ，為ㄨㄟˋ什ㄕㄣˊ麼ㄇㄜ˙弟ㄉㄧˋ弟ㄉㄧˋ老ㄌㄠˇ是ㄕˋ不ㄅㄨˋ寫ㄒㄧㄝˇ功ㄍㄨㄥ課ㄎㄜˋ？
為ㄨㄟˋ什ㄕㄣˊ麼ㄇㄜ˙弟ㄉㄧˋ弟ㄉㄧˋ總ㄗㄨㄥˇ是ㄕˋ學ㄒㄩㄝˊ不ㄅㄨˋ會ㄏㄨㄟˋ五ㄨˇ加ㄐㄧㄚ五ㄨˇ等ㄉㄥˇ於ㄩˊ十ㄕˊ？

但ㄉㄢˋ是ㄕˋ，我ㄨㄛˇ想ㄒㄧㄤˇ告ㄍㄠˋ訴ㄙㄨˋ王ㄨㄤˊ老ㄌㄠˇ師ㄕ，弟ㄉㄧˋ弟ㄉㄧˋ知ㄓ道ㄉㄠˋ七ㄑㄧ塊ㄎㄨㄞˋ積ㄐㄧ
木ㄇㄨˋ加ㄐㄧㄚ三ㄙㄢ塊ㄎㄨㄞˋ積ㄐㄧ木ㄇㄨˋ等ㄉㄥˇ於ㄩˊ十ㄕˊ塊ㄎㄨㄞˋ積ㄐㄧ木ㄇㄨˋ，他ㄊㄚ也ㄧㄝˇ知ㄓ道ㄉㄠˋ
五ㄨˇ棵ㄎㄜ樹ㄕㄨˋ加ㄐㄧㄚ五ㄨˇ棵ㄎㄜ樹ㄕㄨˋ等ㄉㄥˇ於ㄩˊ十ㄕˊ棵ㄎㄜ樹ㄕㄨˋ。

有一天，午後，下了好大的雨，
雨滴敲打在教室的玻璃窗外發出好大的聲音，
害我一直沒辦法專心上課。

下課鐘響，弟弟竟然沒有馬上出現在走廊上，
我和同學立刻衝到地下室的祕密基地，
故意讓弟弟找不到我們。

後來，弟弟找不到我，就自己跑到操
場邊的溜滑梯旁蹲在地上看螞蟻。
他沒有穿雨衣，蠻不在乎的蹲著，彷
彿落在他身上的不是雨水而是陽光。
他全身都濕了，每條頭髮都在淌水，
回到教室後又挨了王老師一頓罵。

王老師氣得把我找去。

弟弟說：他以為只要等在溜滑梯旁姊
姊就會出現。

後來，弟弟生了一場病，
他在醫院住了很久很久。 我常常去看他，

他憔悴的臉
看起來像一片枯萎的葉子。

醫院的窗戶小小的，只能看見一點兒天空。

—— 姊姊，妳今天有去上學嗎？
—— 今天是星期天姊姊不用上學。
—— 姊姊，我想去上學。 我想去找我的樹朋友。

——姊姊ㄐㄧㄝˇㄐㄧㄝˇ，今ㄐㄧㄣ天ㄊㄧㄢ星ㄒㄧㄥ期ㄑㄧˊ幾ㄐㄧˇ？

——姊姊ㄐㄧㄝˇㄐㄧㄝˇ，今ㄐㄧㄣ天ㄊㄧㄢ的ㄉㄜ˙太ㄊㄞˋ陽ㄧㄤˊ漂ㄆㄧㄠˋ不ㄅㄨˋ漂ㄆㄧㄠˋ亮ㄌㄧㄤ˙？

——姊姊ㄐㄧㄝˇㄐㄧㄝˇ，我ㄨㄛˇ想ㄒㄧㄤˇ盪ㄉㄤˋ鞦ㄑㄧㄡ韆ㄑㄧㄢ。

我想跟弟弟說：對不起……
我想跟弟弟說：你一點都不麻煩。
我想跟弟弟說：我們要一起去上學，我不會再
躲起來讓你找不到我。

下課的時候，我要帶你去盪鞦韆。
我們要一直盪、一直盪，
盪得像樹一樣高；盪得像雲一樣高。
盪到一個不用寫功課沒有上課鐘聲的地方。

把這個故事寫／畫下來對我來說是一個非常艱難的功課，因為故事裡那個不喜歡下課的姊姊就是我。

我有一個弟弟，我三歲時他來到這個世上。他有點怪，他不怎麼說話，他不大擅長表達，他與社會定義的正常格格不入。但我覺得他知道什麼是愛。他總能在最小的事物中挖掘出樂趣，譬如數樹葉、排列石頭、盯著水溝發呆一整天。

隨著他越長越大他和正常的孩子的差異也越來越明顯，他總是搞不清楚上下課的時間，他沒辦法完成學校的功課，他有很多怪異的行為。儘管他常常被忽略和誤解，但他純粹、天真的個性對這個世界仍毫無偏見。

小學時，我沒有一天不希望我有一個正常的弟弟。他的怪異讓我在學校遭受到許多異樣的眼光。我不想陪他玩，我在學校假裝不認識他，我最怕他下課的時候出現在我的教室外面，有時候，他會在同學的面前失控，讓我好尷尬。我不想讓別人知道我有一個這樣的弟弟，我害怕別人用異樣的眼光看我。

一直到身為人師二十幾年後，我才有辦法娓娓道出：我的弟弟是個自閉兒。儘管我心裡對他仍懷抱著許多愧疚，但對當時也只是一個孩子的我來說，有一個自閉症的弟弟是多麼沉重而孤獨的事實。

對於一個家裡有特殊孩子的手足，父母跟師長總是會對他有著過多的期待；我們總是要求正常的孩子要懂事、體貼、接納，卻忽略了特殊孩子的手足也是個孩子，也需要被包容被照顧。

這本書想寫給父母、照顧者、老師：家有特殊兒的手足，他有可能只是一個外表假裝堅強但內心仍然脆弱的孩子，他的感受也需要被照顧。如何陪他們安頓內心、勇敢前行？當他也不安、無助想逃避的時候，希望有人能告訴他：不是你的錯，你已經做得很好了。

蔡秀佳

| 作者簡介 |

美術是專長，閱讀是興趣。
現任新北市新莊區昌隆國小閱讀推動老師，
管理一間圖書館，以推動閱讀及圖文創作爲志業。
曾獲教育部 106 學年度閱讀推手。
夢想退休後可以回雲林開一間獨立書店。著有《聽，有條河流在唱歌》。

讓孩子得到支持

每個人都需要支持，尤其是當弟弟老跟在姊姊身邊要照顧時，姊姊一定心情不好，連下課都不喜歡了。

弟弟很可愛，總是跟樹微笑，笑得像一片快樂的葉子；會耐心蹲下來看草叢裡有什麼；他對姊姊很信任，跟著姊姊跑呀笑呀；他不記被別人捉弄的事，只掛念樹，一心想和姊姊盪鞦韆；他問太陽漂不漂亮；喔，他知道五棵樹加五棵樹等於十棵樹。

我想，他心裡有很多愛，是心裡的愛讓他快樂，沒有煩惱，不知道害怕。姊姊被弟弟跟得很煩，覺得這甩不掉的牛皮糖有時是麻煩。可是姊姊也捨不得弟弟被別人嘲笑，她還代替弟弟去被老師責罵；姊姊清楚：老師不知道弟弟知道的事，就像「五棵樹加五棵樹等於十棵樹」；姊姊心疼生病的弟弟，應許要帶他去上學，去盪鞦韆。

我想，姊姊愛這弟弟，煩的時候巴不得躲起來，讓弟弟找不到，可是她卻讓弟弟躲入她心裡，沒把弟弟趕出去。

這段感人的故事還好作者把它寫出來，並且用心配上圖畫。有幾幀圖鮮豔繽紛，充滿生命活力，熱鬧氣氛讓我聯想到：弟弟心中只有快樂美好的事。其他樸素的圖、冷色系的圖、溫暖和諧的圖，我更一一凝視，探索那其中的情緒。圖畫，幫助我跟著姊弟一起，進入特殊兒的生活，回憶姊姊的困擾。

再說一次「還好」，感謝作者細膩委婉，寫出特殊兒的手足內心感受和情緒波折。透過作者含蓄地陳述，我們才能揣測到，作爲特殊兒的手足要承受哪些壓力；在和特殊兒同時被投注異樣眼光時，一樣是孩子的手足們，日常中有多少被大人忽略漠視的無奈、委屈、惶惑、難堪……把這些寫出來太重要了。

藉由當事者——特殊兒的手足們——切身經驗所發出來的訊息，大人們才知道要調整心態，適時鼓勵手足們，也許是：傾聽這些孩子的想法、了解他們遇到的困境、共同討論應對的模式，或是抱抱、誠摯的道謝讚美。特殊兒身邊陪伴的每個手足需要得到支持，不只能強化他們內心力量，也同時是在幫助特殊兒。

推薦大家都來讀《我不喜歡下課》。讀這本書，了解並想想：我們可以如何支持姊姊？

資深兒童文學作家 **林加春**

故事中的姊姊其實很愛弟弟，只是她默默承受著當弟弟的代言人、照顧者的角色壓力，也不敢說出這些心情，請各位一起幫幫忙，幫助姊姊說出她的心情：

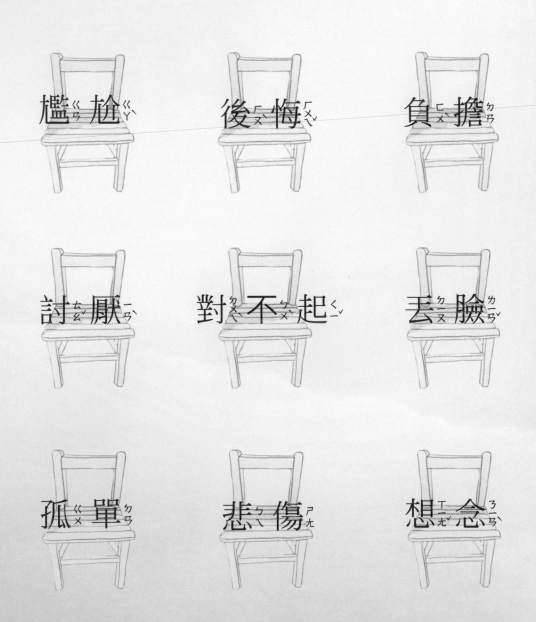

尷尬　　後悔　　負擔

討厭　　對不起　　丟臉

孤單　　悲傷　　想念

01. 媽媽說弟弟沒有朋友，她要我當弟弟的朋友。
如果我是姊姊，我覺得：

02. 媽媽要我每天都要帶著弟弟上學。
如果我是姊姊，我覺得：

03. 下課的時候，不管我走到哪裡，弟弟都會一
直跟著我，像一塊甩都甩不掉的 —— 牛皮糖。
如果我是姊姊，我覺得：

04. 和同學跑去操場玩，他就跟在我們後面，不說
話也不吵鬧，我們跑他就跑、我們笑他就笑。
如果我是姊姊，我覺得：

05. 有一次，我為了打發他，給他十塊錢要他去合作社買東西，他卻把銅板塞進嘴巴裡，臉頰馬上鼓成一團，惹得同學哈哈大笑。

如果我是姊姊，我覺得：

06. 老師問我，為什麼弟弟老是不寫功課？

為什麼弟弟學不會五加五等於十？

如果我是姊姊，我覺得：

07. 弟弟住院，好長一段時間沒辦法跟我一起上學。

如果我是姊姊，我覺得：

故事中的姊姊其實很愛弟弟，只是她默默承受著當弟弟的代言人、照顧者的角色壓力，請各位一起幫幫忙，幫助姊姊找回她原本單純當一個小孩的樣子或快樂。

當姊姊覺得不開心的時候，你覺得她可以怎麼做，來找回自己的快樂呢？

我覺得，姊姊可以——

延伸閱讀

《情緒魔法豆：不快樂也沒關係》
徐宥希 ·文；孫無蔚 ·繪

「好傷心，但大人總叫我不准哭，我只好忍耐。」
「好生氣，但大人叫我不要耍脾氣，我只好忍耐。」

一味的忍住這些壞心情，而沒有學會排解的話，
到底會招致多大的後果呢？
有一天，小芝收到了可愛的小豆苗，裡面充滿著許許
多多的快樂與悲傷，如果時常快樂，便會長出快樂的
果子；如果悲傷，便會長出悲傷的果實，為了避免負
面情緒，小芝學到了怎麼掌握喜怒哀樂的方法……

《不愛打獵的唐伯虎想畫畫》 姚念廣

當上獵人是虎人族的最高榮耀，但族長的兒子「伯」
卻討厭打獵。被趕出部落的他並沒有放棄夢想，仍然
努力生活並追求心所嚮往的繪畫之道。可是因為虎人
族的身分，沒有人相信他會畫畫，作品完全賣不出去。
直到一位商人朋友替他取了人類藝名「唐伯虎」，才
逐漸打開知名度，甚至深受國王喜愛！

「要是能用我的真名展出就好了……」

看著自己的畫作在國王生日宴會上展出，唐伯虎不禁
懷疑當初的決定正確嗎？

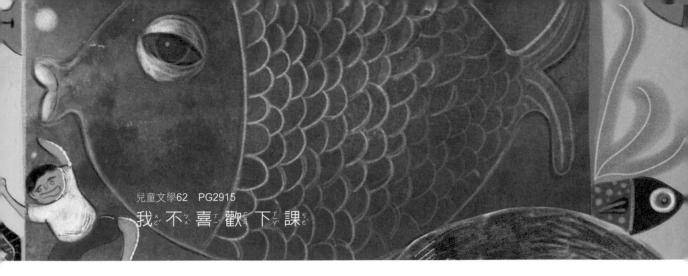

兒童文學62　PG2915

我不喜歡下課

圖・文／蔡秀佳
責任編輯／孟人玉
圖文排版／吳咏潔
封面設計／吳咏潔

出版策劃／秀威少年
製作發行／秀威資訊科技股份有限公司
114 台北市內湖區瑞光路76巷65號1樓
電話：+886-2-2796-3638
傳真：+886-2-2796-1377
服務信箱：service@showwe.com.tw
http://www.showwe.com.tw

郵政劃撥／19563868
戶名：秀威資訊科技股份有限公司
展售門市／國家書店【松江門市】
104 台北市中山區松江路209號1樓
電話：+886-2-2518-0207
傳真：+886-2-2518-0778
網路訂購／秀威網路書店：https://store.showwe.tw
　　　　　國家網路書店：https://www.govbooks.com.tw
法律顧問／毛國樑　律師

總經銷／聯寶國際文化事業有限公司
地址：221新北市汐止區康寧街169巷27號8樓
電話：+886-2-2695-4083
傳真：+886-2-2695-4087

出版日期／2023年4月　BOD一版　定價／390元
ISBN／978-626-97190-0-6

秀威少年
SHOWWE YOUNG

國家圖書館出版品預行編目(CIP)資料

我不喜歡下課/蔡秀佳圖.文. -- 一版. -- 臺北市：
秀威少年, 2023.04
　　　面；　公分. -- (兒童文學 ; 62)
BOD版
ISBN 978-626-97190-0-6(精裝)

863.599   112002472